O Gênio Ardiloso do Sr. Descartes

O Gênio Ardiloso do Sr. Descartes

(baseado em *Meditações metafísicas*)

Escrito por
Jean Paul Mongin

Ilustrado por
François Schwoebel

Tradução
André Telles

martins fontes
selo martins

Era uma noite serena do inverno de 1629, na Holanda. Ao lado de sua estufa quentinha, que roncava e fumegava, o Sr. Descartes, fidalgo, soldado e viajante, trabalhava à sua escrivaninha.

Enquanto toda a cidade, incluindo seu papagaio Baruch, dormia a sono solto, o Sr. Descartes, decifrando o grande livro do mundo, estudava as medidas racionais dos vidros e meteoros.

Pois bem: com o fim da nevasca, o luar projetou a tenebrosa silhueta do papagaio Baruch dentro do quarto e, subitamente, o Sr. Descartes julgou surpreender na sombra de seu companheiro... um Gênio Ardiloso que fabricava ilusões!

Então, num piscar de olhos, aquele quarto, a Holanda e o mundo adquiriram um aspecto estranhíssimo para o Sr. Descartes, que atribuiu o fato a uma artimanha do Gênio Ardiloso.

Afinal, Baruch, a ave fiel, e o corpo do Sr. Descartes não passariam de quimeras?

O Sr. Descartes questionava-se:

*Quando eu era criança, não me ensinaram uma porção
de coisas dizendo serem verdadeiras quando
eram falsas, como na época em que eu acreditava
que o Sol girava em torno da Terra?*

Às vezes não sentia que meus sentidos me enganavam?
Eu mesmo não me baseei neles para criar
algumas inverdades no meu tratado de esgrima?

Mas posso racionalmente duvidar que eu esteja
realmente aqui, no meu quarto, junto ao fogo?
E como poderia duvidar que estas
mãos e este corpo sejam meus?

*Ou eu seria como esses insensatos que,
paupérrimos, julgam-se reis;
nus, afirmam trajar ouro e púrpura;
ou ainda se imaginam jarros
ou ter um corpo de vidro?*

"Insensato! Insensato!", palrava Baruch.

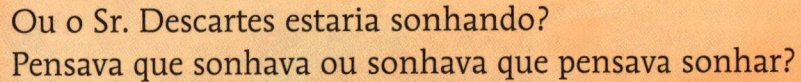

Ou o Sr. Descartes estaria sonhando?
Pensava que sonhava ou sonhava que pensava sonhar?

Se o céu, o ar, a terra, as cores, as figuras, os sons, se minhas mãos, meus olhos, meus sentidos não passam de pedaços de um sonho, do que posso efetivamente ter certeza?

Talvez o próprio Gênio Ardiloso faça com que eu tenha a sensação do tempo, do espaço e dos números, que na verdade não existem. E se três mais dois não forem cinco, e o Gênio Ardiloso me induzir ao engano todas as vezes que faço a conta?

O Sr. Descartes decidiu que, para alcançar uma certeza qualquer, passaria a desconfiar da astúcia do Gênio Ardiloso. Não se submeteria mais a nenhuma evidência, como se nada nem ninguém existisse de fato. Baruch olhou atravessado para ele. O Sr. Descartes estava mesmo sozinho.

O Sr. Descartes lembrou-se então de seu amigo Arquimedes, que afirmava com convicção: "Deem-me um ponto de apoio e moverei o mundo".

Assim como ele, preciso descobrir uma coisa certa e indubitável.

Ora, uma coisa continuava indubitável: o Gênio Ardiloso, sob a aparência de Baruch, fazia de tudo para enganar incessantemente o Sr. Descartes, entupindo seu espírito de quimeras. Mas o próprio filósofo, vítima desses artifícios, existia de verdade, uma vez que pensava em tudo aquilo!

Eureca!!! Penso, logo existo, eis o que é indubitável!

Em polvorosa, pegou sua pena de escrever mais bonita; o Gênio Ardiloso podia até lhe dar a ilusão de que ele possuía um corpo, habitava um mundo ou de que três mais dois davam cinco... Ainda assim, o Sr. Descartes podia afirmar com certeza absoluta:

Sou uma coisa que pensa!

No entanto, se o Sr. Descartes era simplesmente uma coisa que pensa, como podia conhecer o mundo que o cercava? Aquele mundo não seria uma ilusão criada pelo Gênio Ardiloso?

Então ele pegou um pedaço de cera em sua escrivaninha; ainda estava doce do mel que continha e impregnado do perfume das flores. Também estava duro e frio, e, quando se batia nele, ele devolvia um som opaco. O Sr. Descartes aproximou-o da estufa...

E eis que o pedaço de cera esquentou, começou a derreter e perdeu a forma. Batendo nele de novo, o Sr. Descartes queimou levemente o dedo, mas não ouviu mais nenhum som.

No entanto, ainda é o mesmo pedaço de cera...
Mas então a cera não consiste na doçura do mel,
nem no agradável perfume da flor, nem na forma,
nem no som... Embora eu pense tratar-se
da mesma cera, meus sentidos me dizem o contrário...
Como posso reconhecer essa cera, que agora
me parece tão diferente?

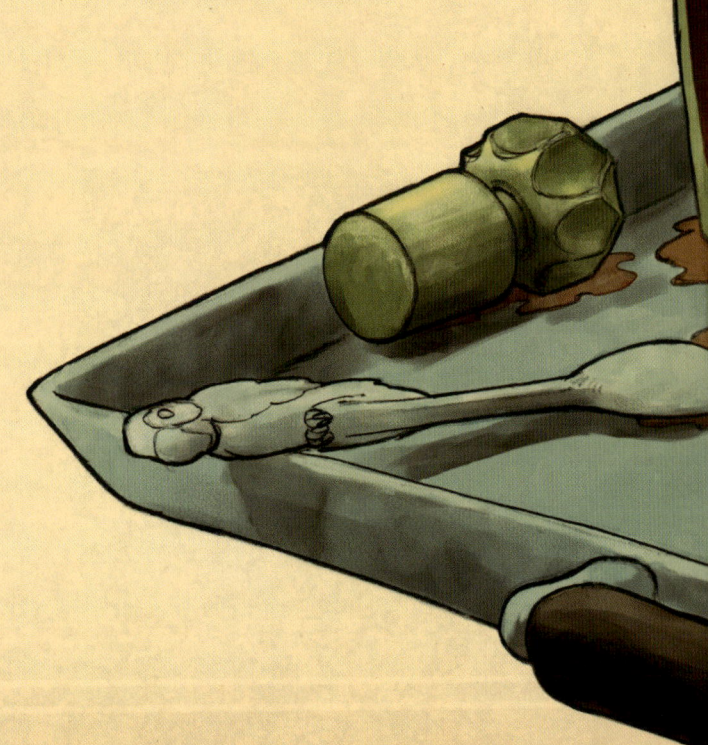

O burburinho de alguns passantes que saíam de uma taberna atraiu o Sr. Descartes à janela.

E esses chapéus e casacos que vejo passar na rua, sob os quais reconheço homens: por que não cobririam fantasmas? E se sob suas penas Baruch não passasse de um autômato movido por molas? Como é possível que todas essas coisas que estão fora de mim provem uma coisa diferente de minha própria existência, o Sr. Descartes, que as olha ou imagina?

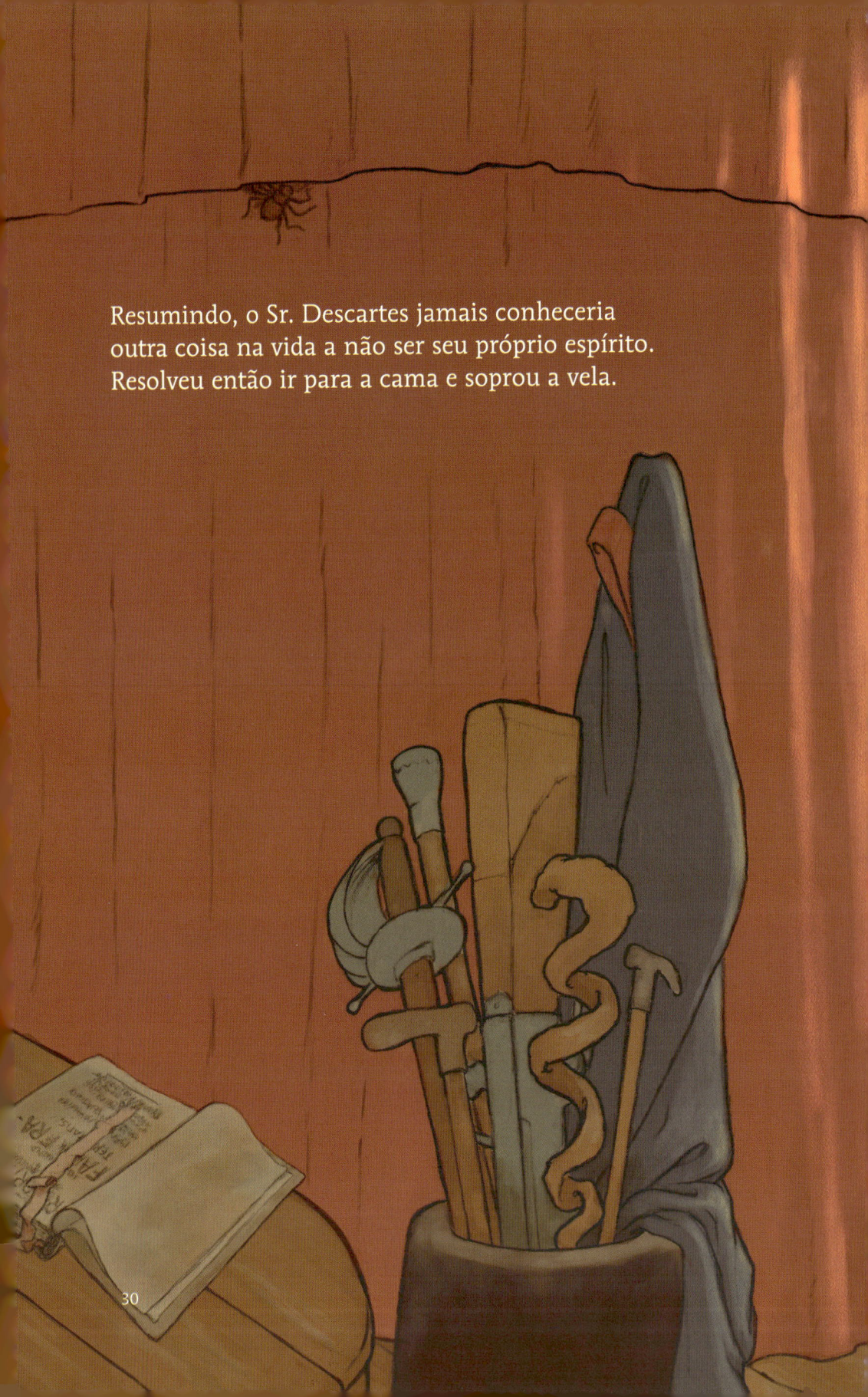

Resumindo, o Sr. Descartes jamais conheceria outra coisa na vida a não ser seu próprio espírito. Resolveu então ir para a cama e soprou a vela.

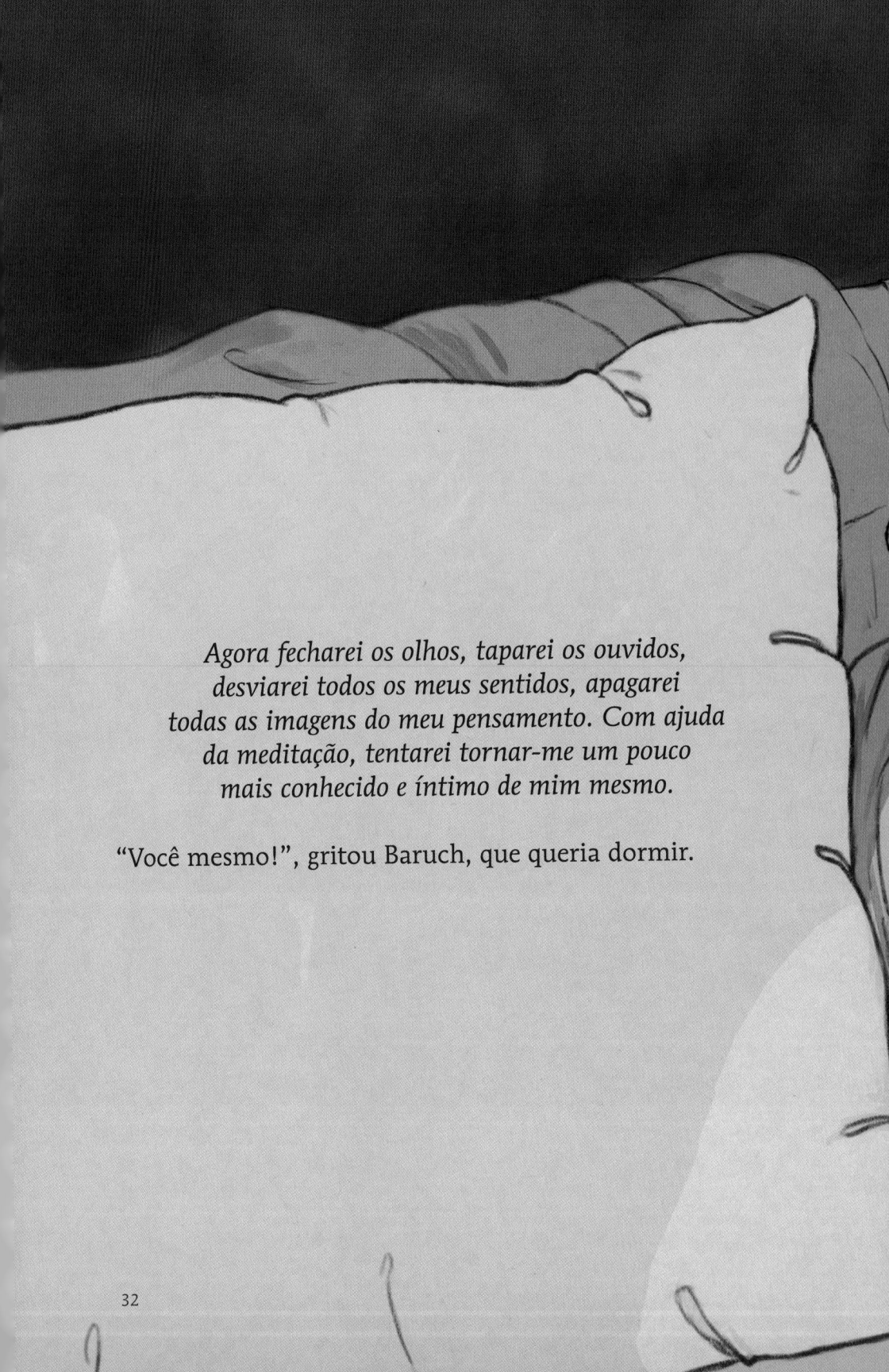

Agora fecharei os olhos, taparei os ouvidos, desviarei todos os meus sentidos, apagarei todas as imagens do meu pensamento. Com ajuda da meditação, tentarei tornar-me um pouco mais conhecido e íntimo de mim mesmo.

"Você mesmo!", gritou Baruch, que queria dormir.

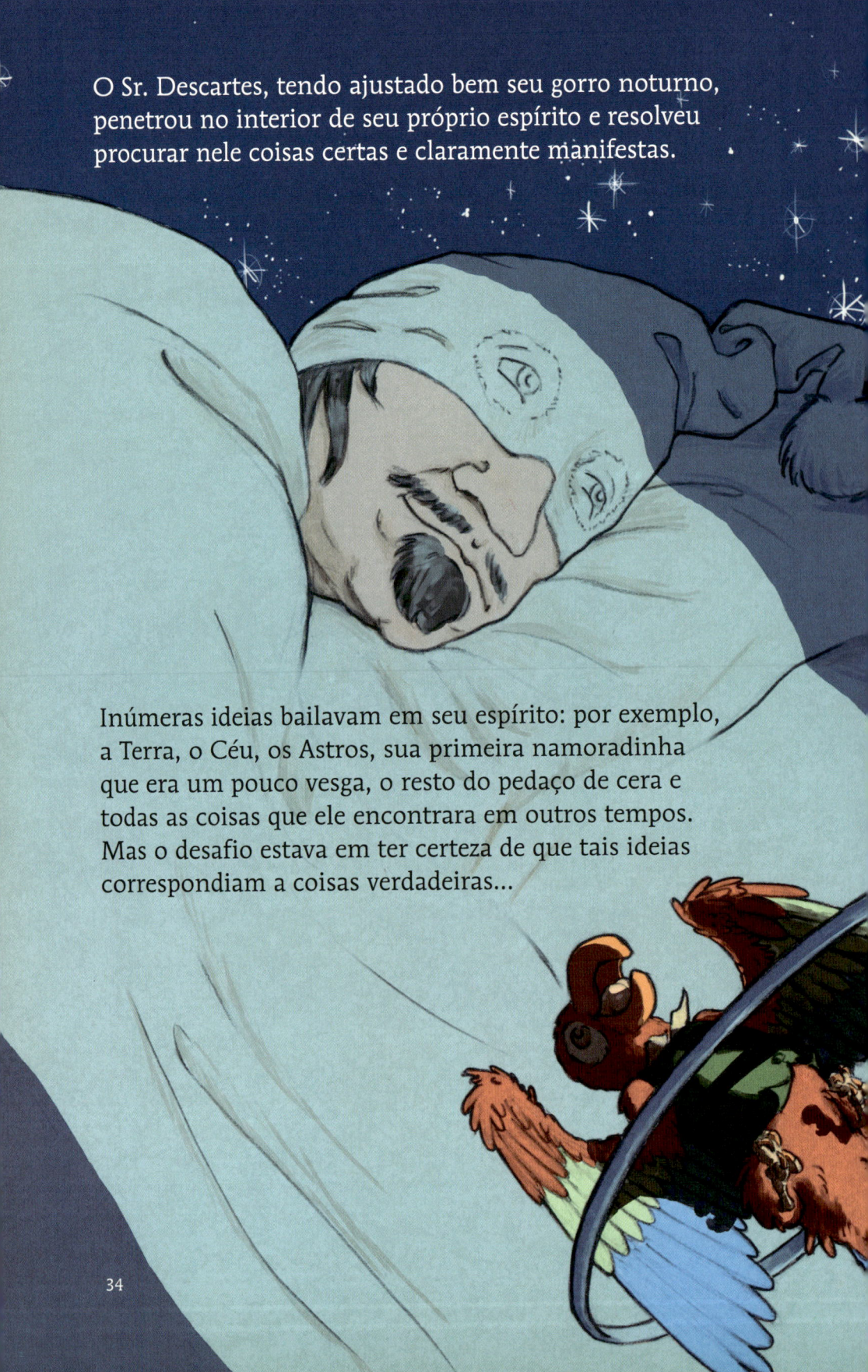

O Sr. Descartes, tendo ajustado bem seu gorro noturno, penetrou no interior de seu próprio espírito e resolveu procurar nele coisas certas e claramente manifestas.

Inúmeras ideias bailavam em seu espírito: por exemplo, a Terra, o Céu, os Astros, sua primeira namoradinha que era um pouco vesga, o resto do pedaço de cera e todas as coisas que ele encontrara em outros tempos. Mas o desafio estava em ter certeza de que tais ideias correspondiam a coisas verdadeiras...

Por exemplo, tenho em meu espírito a ideia do Sol tal como o vi brilhar ontem, extremamente pequeno no céu; e também essa outra ideia do Sol que a astronomia me ensina, segundo a qual ele me parece várias vezes maior que a Terra. Essas duas ideias não podem corresponder ao mesmo Sol!

38

Mas, claro, essas ideias de Sol vêm de algum lugar:
há tanta realidade na causa dessas
ideias quanto nelas próprias...

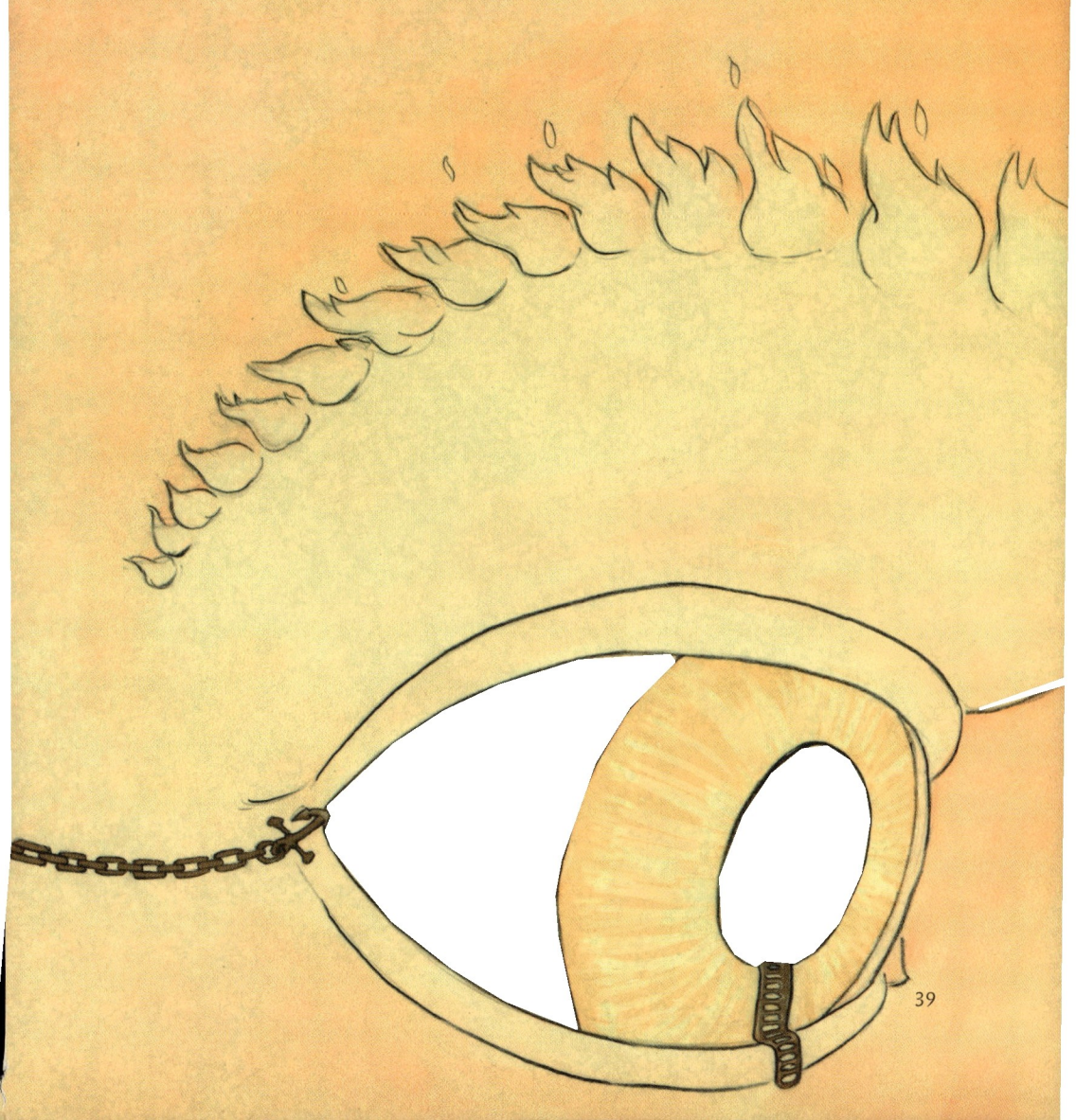

O Sr. Descartes dormiu um sono profundo, sonhou que era um artífice às voltas com a construção de uma máquina formidável, concebida graças à sua própria ciência e à ciência de seu papagaio. As pequenas peças da máquina eram como que ideias extraídas de seu espírito. Ao considerar todas aquelas ideias brincando umas com as outras, ele pareceu vislumbrar, em sua fonte, a ideia primordial, uma ideia clara e distinta, que continha em si toda a realidade e toda a perfeição.

41

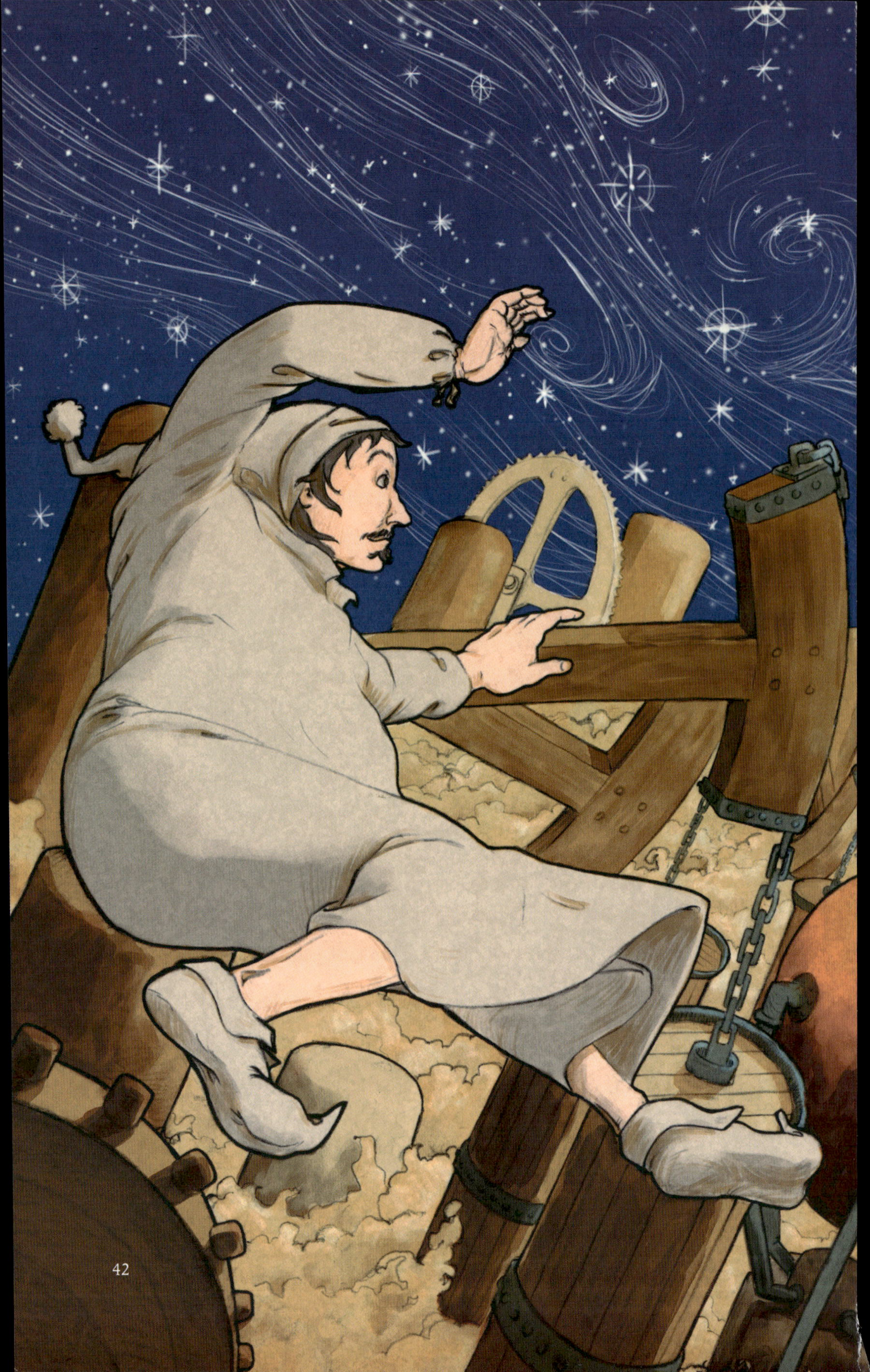

Estava a descobrir a ideia de uma coisa infinita, eterna, todo-poderosa, pela qual ele e todo o Universo foram criados.

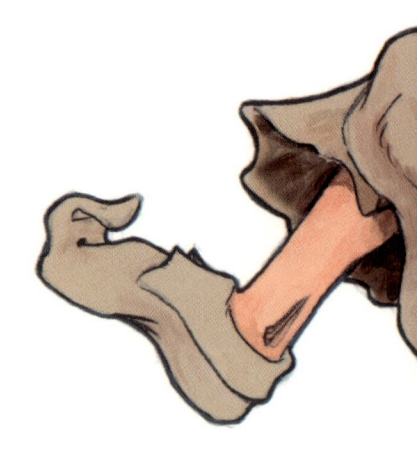

O Sr. Descartes experimentou, ao contemplar a perfeição dessa ideia, uma alegria esplendorosa, como nunca sentira antes. Chamou essa ideia de: Deus.

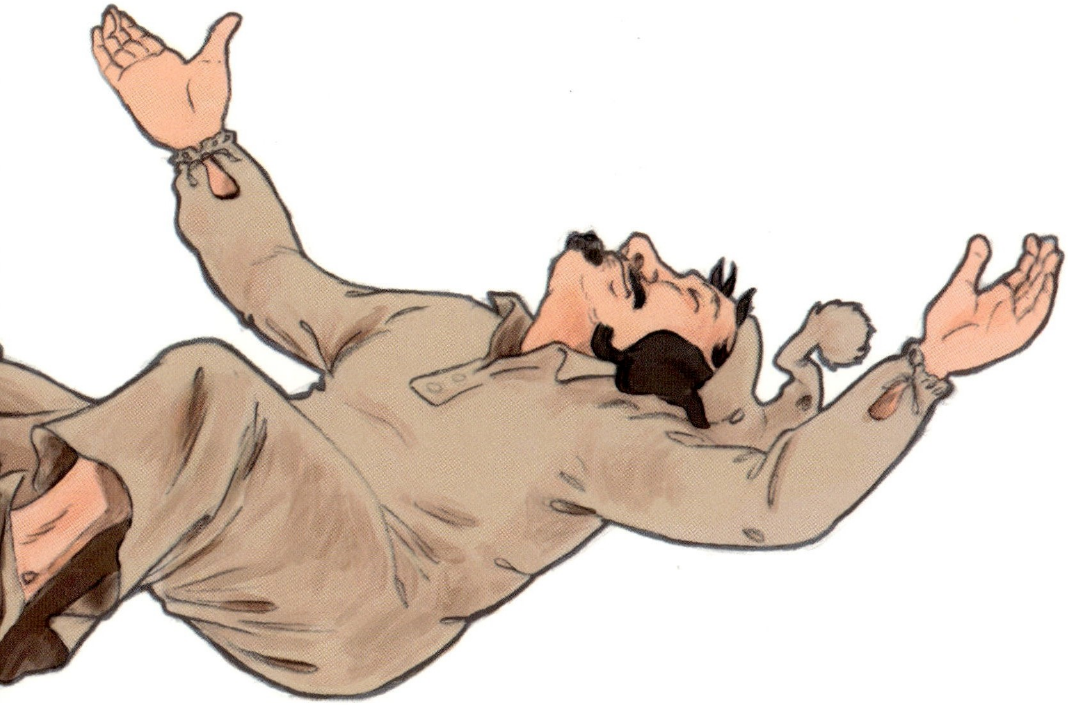

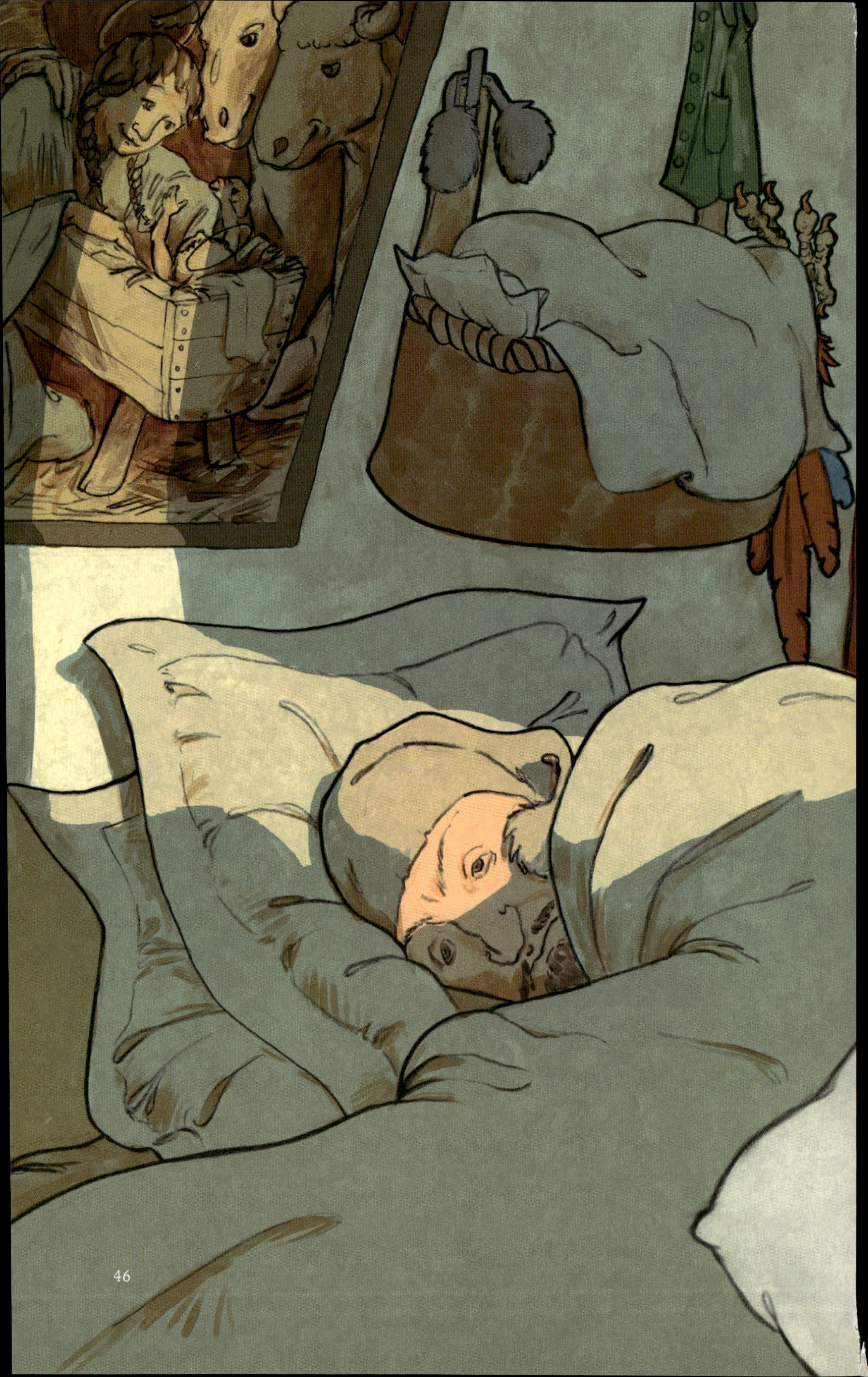

Como posso, eu que sou uma coisa finita, que não sei tudo e que não posso tudo, ter ideia tão clara e distinta de uma coisa infinita?

De que maneira essa ideia de Deus me veio ao espírito?
Pois nunca encontrei Deus por meio de meus sentidos,
e, no entanto, é preciso que essa ideia se origine
de uma coisa verdadeiramente infinita...
O próprio Deus teria introduzido essa ideia em
meu espírito quando me criou, como a marca
do artífice em sua obra?

49

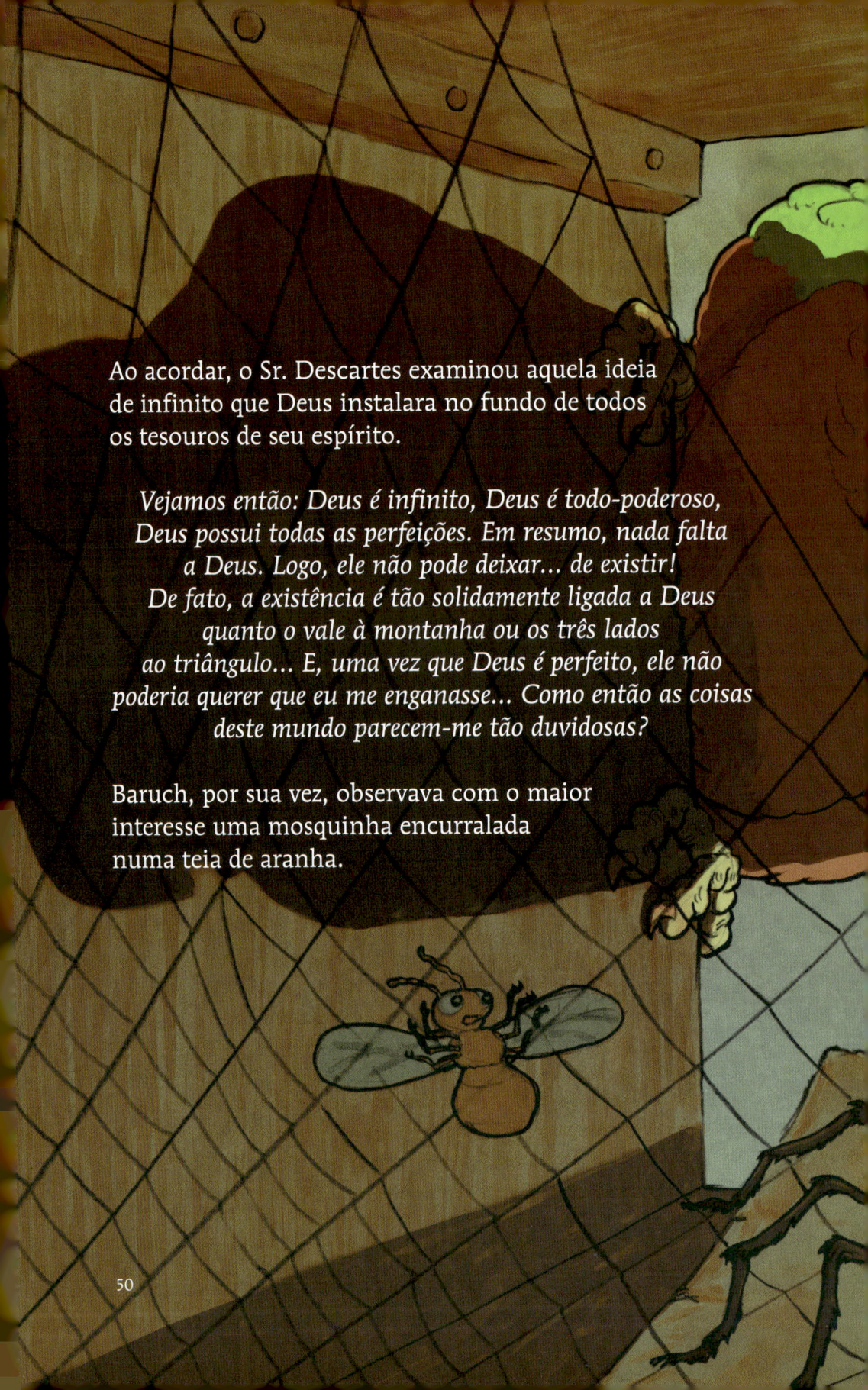

Ao acordar, o Sr. Descartes examinou aquela ideia de infinito que Deus instalara no fundo de todos os tesouros de seu espírito.

Vejamos então: Deus é infinito, Deus é todo-poderoso, Deus possui todas as perfeições. Em resumo, nada falta a Deus. Logo, ele não pode deixar... de existir! De fato, a existência é tão solidamente ligada a Deus quanto o vale à montanha ou os três lados ao triângulo... E, uma vez que Deus é perfeito, ele não poderia querer que eu me enganasse... Como então as coisas deste mundo parecem-me tão duvidosas?

Baruch, por sua vez, observava com o maior interesse uma mosquinha encurralada numa teia de aranha.

51

O Sr. Descartes quis fazer a experiência de se isolar das coisas materiais. Afundou na cama, escondeu-se debaixo do travesseiro, cobriu as orelhas, mas foi impossível não sentir as mãos contra a cabeça, o peso das cobertas e o cheirinho de pão fresco que subia da bancada de um comerciante sob a janela. Ainda que todas as coisas não passassem de fruto de sua imaginação, ele não conseguia ignorá-las completamente.

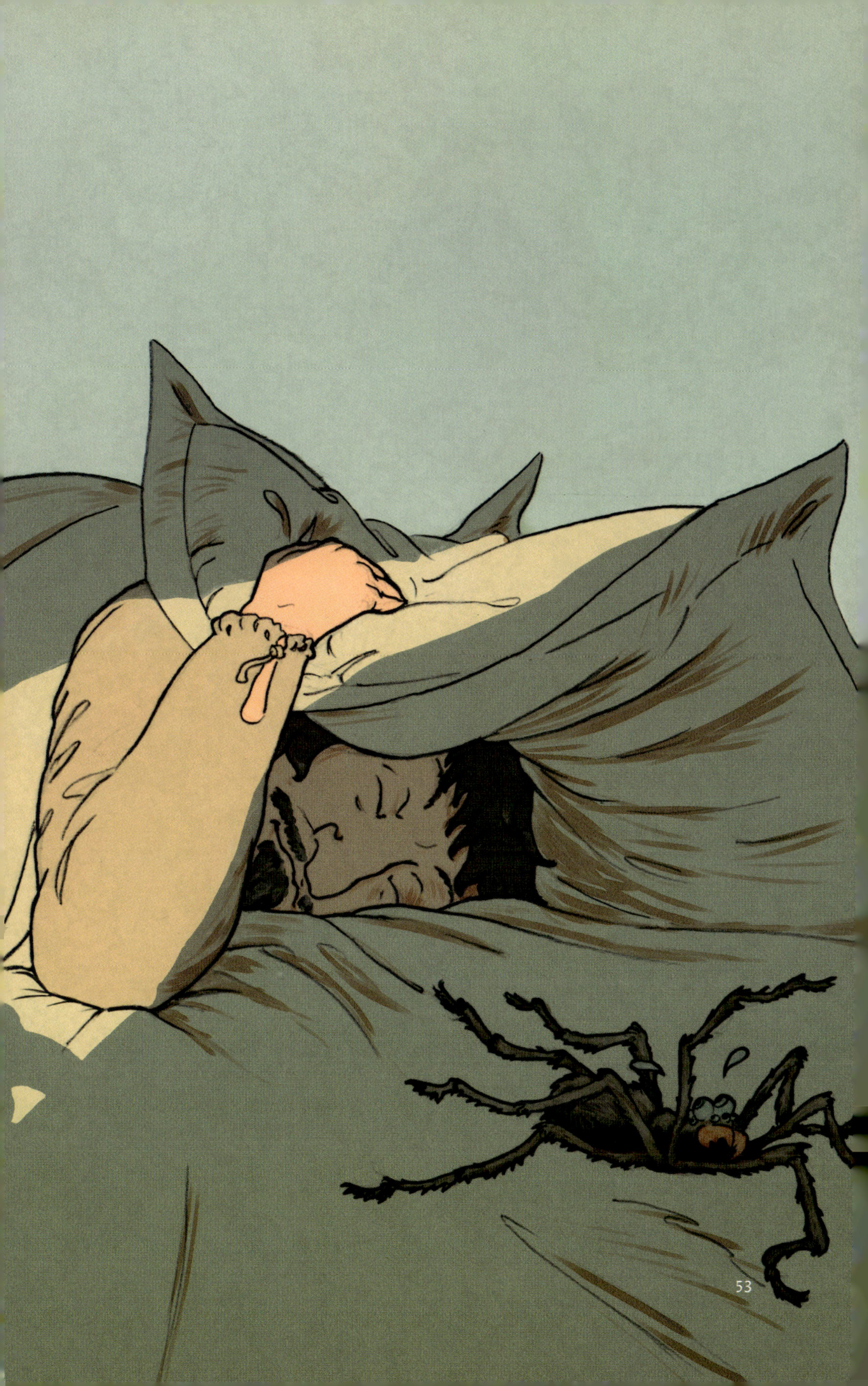

É muito estranho. Eu, coisa que pensa, não consigo me separar completamente deste corpo que considero meu! E até me parece que esse cheirinho de pão fresco desperta certa alegria em meu espírito!

O Sr. Descartes vivia a união de sua alma com seu corpo, mas não conseguia compreendê-la: como uma emoção de seu estômago, tão diferente de seu espírito, abria-lhe o apetite? Como uma afecção de seu corpo se achava ligada a uma representação dentro de sua alma?

56

O Sr. Descartes lembrou-se de uma noite de batalha durante a qual vira soldados que, com a perna ou o braço amputados, ainda sentiam dores no membro cortado.

"Quem sabe do que o corpo é capaz?", perguntou Baruch.

O Sr. Descartes conhecia ilusões semelhantes: enquanto dormia, a máquina de seu sonho parecera-lhe tão real quanto tudo o que via. Decididamente, não podia confiar em seus sentidos.

*Logo, é mais pertinente considerar como separados,
de um lado, esse espírito que eu sou e
que posso visitar e, de outro, esse corpo,
onde ocorrem coisas confusas...*

Escorregando para fora da cama, pisou em cima de Baruch, que passeava por ali e respondeu com uma violenta bicada.

59

Aaai!

Gravemente bicado no dedinho do pé, o Sr. Descartes enfrentou Baruch, que não tinha tomado café da manhã e não dispensava um petisco grátis. O filósofo compreendeu que não habitava seu corpo como um comandante habita seu navio, e sim que era unido e misturado a esse corpo, de maneira que, ferido no pé, sentira dor, diferente do comandante quando vê alguma coisa enguiçar em seu navio. Então concluiu que era útil e racional fazer o possível para eliminar o dano a seu pé.

Considerando o dedo machucado, o Sr. Descartes percebeu que geralmente seus sentidos lhe diziam mais verdades do que mentiras. Além disso, podia se servir de vários deles para examinar a mesma coisa e relacionar, por meio da memória, os conhecimentos presentes aos passados.

Se Baruch aparecesse e desaparecesse subitamente, como fazem as imagens quando estou dormindo, então ele seria um espectro ou um fantasma formado dentro do meu cérebro, e não um papagaio de verdade.

Mas agora sei que não estou sonhando. Pois nunca meus sonhos coincidem uns com os outros como o fluxo de minha vida quando estou acordado.

Baruch ia e voltava pacificamente diante de seu dono, e o Sr. Descartes podia amarrar aquela bela manhã ao resto de sua vida.

Atento ao burburinho da rua, saboreando sol morno, explorando todos os seus sentidos, sua memória e seu entendimento, ele não encontrou nenhuma coisa mal amarrada nas outras, e não duvidou mais de sua verdade.

© 2012 Martins Editora Livraria Ltda., São Paulo, para a presente edição.
© Les petits Platons, 2010.
Esta obra foi originalmente publicada em francês sob o título *Le Malin Génie de Monsieur Descartes* por Jean Paul Mongin.
Design: Yohanna Nguyen

Publisher	Evandro Mendonça Martins Fontes
Coordenação editorial	Vanessa Faleck
Produção editorial	Cíntia de Paula
	Valéria Sorilha
Preparação	Lara Milani
Diagramação	Reverson Reis
Revisão	Flávia Merighi Valenciano
	Silvia Carvalho de Almeida

Dados Internacionais de Catalogação na Publicação (CIP)
(Câmara Brasileira do Livro, SP, Brasil)

Mongin, Jean-Paul
   O gênio ardiloso do Sr. Descartes : (baseado em MEDITAÇÕES METAFÍSICAS) / escrito por Jean-Paul Mongin ; ilustrado por François Schwoebel ; tradução André Telles. – São Paulo : Martins Fontes – selo Martins, 2012. – (Coleção Pequeno Filósofo).

   Título original: Le Malin Génie de Monsieur Descartes : d'après les "Méditations métaphysiques".
   ISBN 978-85-8063-058-9

   1. Descartes, René, 1596-1650 2. Filosofia - Literatura infantojuvenil 3. Literatura infantojuvenil I. Schwoebel, François. II. Título. III. Série.

12-04634   CDD-028.5

Índices para catálogo sistemático:

1. Filosofia : Literatura infantojuvenil 028.5
2. Filosofia : Literatura juvenil 028.5

Todos os direitos desta edição reservados à
Martins Editora Livraria Ltda.
Av. Dr. Arnaldo, 2076
01255-000 São Paulo SP Brasil
Tel.: (11) 3116 0000
info@martinseditora.com.br
www.martinsmartinsfontes.com.br

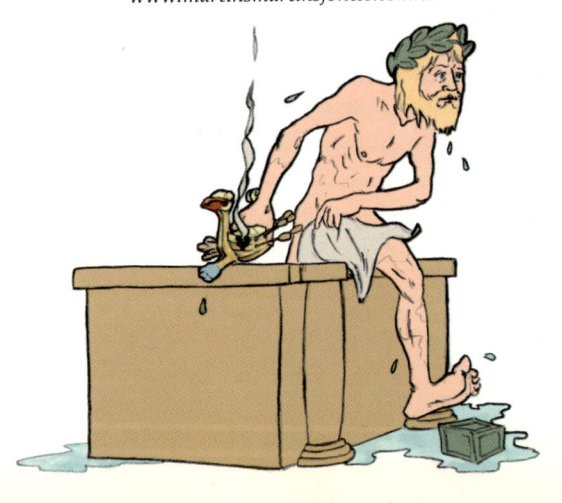